Enchantimals™

Texte : Catherine Kalengula.
Conception graphique du roman : Audrey Thierry.
Mise en pages : Clémentine Lemoine.

Hachette Livre, 58, rue Jean-Bleuzen, 92178 Vanves Cedex.

Enchantimals™
Aide-moi, Pristina !
hachette
JEUNESSE

Felicity Renard
& Flick

Intelligente
et courageuse, Felicity
est guide de voyage.
Avec Flick, sa meilleure amie,
elles ont déjà visité toutes
les régions de Paradis Sauvage !
Quand les deux amies ne
sont pas en exploration,
Flick s'adonne à sa passion :
la peinture !

Patter tient la boutique de mode et de décoration du village. Avec l'aide de Flap, qui est un excellent couturier, elle adore créer toutes sortes de tenues pour ses amies. Patter est aussi extravertie que Flap est timide, mais cela ne les empêche pas d'être les meilleurs amis du monde !

Patter Paon
& Flap

Danessa Biche
& Sprint

Danessa est en charge de la clinique vétérinaire de la Forêt Enchantée ! Douce et patiente, elle aime prendre soin des autres, et en particulier de son meilleur ami Sprint, qui craint toujours d'être malade. Quand elle ne soigne pas les animaux blessés, Danessa adore faire la course avec Sprint !

Bree est une cuisinière talentueuse et un inventeur de génie ! Elle adore réunir les Enchantimals pour leur concocter de bons petits plats et leur présenter ses nouvelles inventions. Et, bien sûr, elle peut toujours compter sur Twist pour goûter ou tester toutes ses créations !

Bree Lapin & Twist

Sage Moufette
& Caper

Sage est la plus drôle des Enchantimals. Avec son amie Caper, elle passe son temps à préparer des farces. Elle adore rire – très fort –, et rien ne lui fait plus plaisir que rendre le sourire à une amie grâce à une plaisanterie ! Quand elles ne travaillent pas à la parfumerie, Sage et Caper font de la musique !

Généreuse et optimiste, Pristina adore rendre service. Avec Glacier, son meilleur ami, elle est toujours en train de donner un coup de main… quand elle ne s'extasie pas devant la beauté de la nature !

Pristina Ours Polaire

& Glacier

Prologue

Pristina adore un tas de choses. Par exemple, ce matin, elle est en extase devant le lever du soleil. Une tasse à la main, elle le contemple par la fenêtre de sa cuisine.

– C'est comme si un géant avait déversé des pots de peinture rose et violette dans le ciel, commente-t-elle à l'attention de son meilleur ami. Tu ne trouves pas ?

Attablé devant un bon chocolat chaud, Glacier hoche la tête. Lui aussi trouve ce spectacle magnifique ! Pour mieux l'admirer, la jeune fille sort sur le perron. Et là, c'est autre chose qui capte son attention.

– Oh, l'herbe est givrée et elle scintille ! observe-t-elle. C'est tout simplement splendide !

Il a beau faire froid, elle reste plantée à regarder son jardin. Toujours aux petits soins, Glacier vient lui apporter son manteau.

– Oh, merci, mon petit ange, lui dit-elle.

Les minutes passent, et voilà que Pristina aperçoit une pure merveille sur sa clôture : une grande toile d'araignée constellée de perles de rosée.

– Tu as vu cette œuvre d'art ? demande-t-elle, éblouie, tandis que Glacier acquiesce. Je te jure, la nature est vraiment incroyable !

Soudain, une jeune fille passe sur le chemin qui longe le jardin. C'est Preena, une amie de

Pristina qui tient le camion de glaces. Pristina la salue d'un signe de la main et l'invite à la rejoindre.

– Oh là là ! Oh là là ! Oh là là ! se plaint Preena, l'air désespérée.

– Mais qu'est-ce qu'il t'arrive ? s'inquiète Pristina.

Preena lui raconte tout. Comment sa sorbetière est tombée en panne, la veille au soir. Tous ses essais infructueux pour la réparer. Sa visite chez Bree, la bricoleuse la plus connue du village. Le temps perdu. Puis, pour finir :

– Bree m'a assuré que ma machine serait réparée dans la matinée, mais j'ai pris énormément de retard ! explique-t-elle. Et aujourd'hui, c'est la journée « Parfums à tout va » !

« Parfums à tout va » ? s'étonne Pristina, avant de se souvenir. Preena organise parfois des événements, et cette fois, elle souhaite proposer des glaces aux parfums étonnants. Ça va attirer beaucoup de monde, c'est certain !

– Dis, tu veux bien m'aider, s'il te plaît ? ajoute Preena d'un air suppliant.

– Évidemment ! lui assure Pristina. Tu peux compter sur nous. Le temps de nous préparer, et on te rejoint au camion, promis, juré !

– Oh, merci, vous êtes adorables ! lui répond Preena, visiblement soulagée.

Pristina adore un tas de choses. Mais ce qu'elle aime par-dessus tout, c'est aider les autres. Et ça, au village, tout le monde le sait…

Une fois prête, Pristina prend le chemin du village avec Glacier. Autour d'eux, les habitants s'activent, et les boutiques commencent à ouvrir. C'est l'un des moments préférés de la jeune fille. Pour elle, chaque journée qui débute est synonyme de promesses. Et aujourd'hui, elle a un objectif : donner un coup de main à Preena. Ce n'est pas la première fois qu'elle l'aide au camion, mais ça la met toujours en joie. En plus, là, c'est pour une occasion spéciale !

– Je me demande bien quels parfums Preena a imaginés, dit-elle à Glacier, tandis qu'ils traversent la place. Peut-être chocolat-moutarde ?

Son meilleur ami tire la langue avec un « Pouah ! ».

– Non, peut-être pas celui-là, s'amuse la jeune fille. Ananas-artichaut ?

Glacier affiche une moue si dégoûtée que Pristina rigole, et lui aussi.

Alors qu'elle marche tranquillement, elle n'y voit soudain plus rien. Un peu comme si on avait subitement éteint la lumière…

– Mais… mais, qu'est-ce qu'il se passe ? demande-t-elle. Pourquoi fait-il nuit ?

Sa surprise passée, elle se rend compte qu'un foulard lui masque les yeux. Elle le retire et se met à l'observer.

– Ça alors, il a dû s'envoler avec le vent, suppose-t-elle. Mais d'où peut-il bien venir ?

Elle scrute les alentours et aperçoit Patter devant sa boutique, avec Flap. La jeune fille paraît complètement affolée. Pristina s'empresse de la rejoindre.

– Qu'est-ce qu'il t'arrive ? lui demande-t-elle.

– Oh, si tu savais ! se lamente la jeune styliste.

Elle lui raconte tout. La foule de clientes venue la veille pour lui commander des foulards, à cause du froid. Sa promesse de les fournir le plus vite possible, et même dès aujourd'hui. Sa nuit passée à coudre, en compagnie de son meilleur ami. Puis, pour finir :

– Ce matin, j'arrive devant ma boutique avec les foulards, et voilà qu'une grosse rafale de vent les emporte d'un seul coup !

Je n'ai même pas eu le temps de réagir ! Et les clientes qui vont bientôt arriver... Elles seront furieuses, ça, c'est sûr ! Elles me diront que je me suis moquée d'elles, que je...

Elle se met à parler à toute vitesse, avant de chanter, histoire de se calmer.

– Tu voudrais bien m'aider, s'il te plaît ? demande-t-elle, une fois son concert terminé.

De loin, Pristina distingue Preena, qui épluche des fruits à l'arrière de son camion de glaces. Il est tôt, et il n'y a encore aucun client. Alors, Pristina se dit qu'elle a bien le temps de donner un petit coup de main à Patter, avant d'aller aider son amie. Elle ne va quand même pas laisser la pauvre styliste dans l'embarras !

– Évidemment ! lui assure Pristina. Tu peux compter sur nous. Tu n'as qu'à ouvrir ta boutique. Pendant ce temps, Glacier et moi, on va récupérer tous tes foulards.

– Oh, tu es si gentille ! lui répond Patter. Et Glacier aussi. Merci, merci, à vous deux !

Ravie de pouvoir se rendre utile, Pristina part aussitôt à la recherche des foulards égarés, avec Glacier. Ils sont au nombre de dix. Et comme la jeune fille en a déjà trouvé un – celui qu'elle a reçu en plein visage –, il en reste neuf. Le premier est accroché au sommet d'un lampadaire, et c'est Glacier qui grimpe le chercher.

– N'aie pas peur, je suis là et je te rattraperai en cas de besoin ! lui crie Pristina, d'en bas.

Mais son meilleur ami est un excellent alpiniste, et il rapporte le foulard en moins de temps qu'il ne faut pour le dire.

– Bravo ! le félicite-t-elle, en lui caressant tendrement la joue.

À force d'observer les parages, la jeune fille aperçoit un autre foulard sur la terrasse de l'épicerie. Celui-ci est beaucoup plus facile à récupérer ! Le troisième a atterri sur l'estrade, le quatrième sur les marches du kiosque et le cinquième dans un arbre.

– Tu en vois d'autres, mon petit ange ? demande Pristina à Glacier.

– Vous faites quoi ? les interroge soudain une voix.

Pristina se retourne et découvre Sage, qui la regarde, tout sourire.

– On cherche des foulards qui se sont envolés, lui indique-t-elle.

– Et qu'est-ce qu'on gagne quand on les trouve ? s'intéresse la parfumeuse.

– Euh, rien du tout, désolée, lui répond Pristina, embêtée.

Sage hausse les épaules.

– Bah, c'est rigolo quand même ! Je peux participer ?

Pristina acquiesce, à la plus grande joie de la parfumeuse. L'équipe de recherches continue ses investigations. Elle examine les bancs, les gouttières, les arbres et même les poubelles. Quand, soudain, Sage pousse un cri.

– Youhou, j'en ai un ! clame-t-elle, en agitant un foulard.

– Euh, ce n'est pas celui que tu portais à ton cou ? fait remarquer Pristina.

– Ah, si ! confirme Sage, Sacré sens de l'observation, dis donc ! Tu ferais une bonne détective.

Quelques instants plus tard, la voilà qui se manifeste à nouveau.

– J'en vois trois, là-bas ! hurle-t-elle, en désignant le Bruisseau.

Cette fois, Pristina ne se laisse pas berner. Comme elle ne bouge pas, la parfumeuse insiste :

– Mais c'est vrai ! Je te le jure sur ce que j'ai de plus cher… ma collection de coussins péteurs, tiens ! Et même mon tonneau de poils à gratter !

Convaincue par cet argument, Pristina finit par tourner la tête et par découvrir que Sage a dit la vérité. Munies de bâtons, les deux jeunes filles repêchent les foulards trempés, puis les essorent.

– Il n'en reste plus qu'un, maintenant, récapitule Pristina. Mais où peut-il bien être ?

Alors qu'elle le cherche du regard, elle aperçoit une vingtaine de personnes devant l'hôpital-refuge pour animaux. Et d'autres continuent d'arriver !

– Je vais voir ce qui se passe, lance-t-elle à Sage. Tu veux bien continuer de chercher le dernier foulard ?

– D'accord ! accepte la parfumeuse.

Pristina fait signe à Glacier de la suivre vers le refuge…

Pristina et Glacier ne tardent pas à rejoindre la foule qui attend devant l'hôpital, les bras chargés d'animaux de la forêt : hérissons, renardeaux, lapereaux, petits oiseaux. Près de la porte, Danessa discute avec

Sprint. Son meilleur ami baisse la tête, tout désolé.

– Ne t'en fais pas, le réconforte-t-elle. On va trouver une solution.

L'instant d'après, elle aperçoit Pristina et lui fait signe d'approcher.

– Coucou ! la salue la vétérinaire. Tu vas bien ? En tout cas, nous, on a un gros problème…

– Ah bon ? s'inquiète Pristina devant son expression soucieuse. Raconte.

Danessa lui explique qu'à cause du froid, beaucoup d'animaux se sont enrhumés et que les gens les amènent tout naturellement au refuge pour les soigner. Pas de quoi faire paniquer Danessa, qui a déjà connu ça, sauf que, cette fois…

– Il me faudrait de la bruyère pour concocter une tisane médicinale, mais je n'en ai presque plus, poursuit-elle. Et avec tous ces petits patients qui ont besoin de soins, ni Sprint ni moi ne pouvons nous absenter pour aller en chercher. Tu voudrais bien nous aider ?

Il n'y a toujours aucun client devant le camion de Preena. Et Pristina a récupéré pratiquement tous les foulards de Patter, Sage se chargeant de dénicher le dernier. Alors elle se dit qu'elle peut bien donner un petit coup de main à Danessa.

– Évidemment ! accepte-t-elle. Tu peux compter sur nous. On va te rapporter de la bruyère, promis, juré ! Euh... c'est quoi, au fait ?

Danessa sourit.

– Une fleur rose qui tire un peu sur le violet. En général, elle pousse par là, lui répond la vétérinaire, en désignant la forêt. J'espère que tu vas en trouver. Croisons bien fort les bois !

Heureuse d'aider, Pristina pose les foulards dans un coin, puis elle s'éloigne avec Glacier…

La forêt est magnifique en toutes saisons. Pour Pristina, c'est chaque fois un spectacle différent. Au printemps, les petites fleurs éclosent, formant des tapis multicolores. L'été, des odeurs délicieuses se répandent et les rayons du soleil brillent à travers les feuillages. À l'automne, c'est un véritable feu d'artifice de couleurs dans les arbres : roux, bruns, verts, jaunes ! Sans parler des jolis champignons. Et en hiver, la jeune fille ne se lasse pas de contempler les fougères givrées et d'écouter le doux ruissellement du Bruisseau. Cependant, elle n'en oublie pas sa mission : trouver de la bruyère.

– Fleur rose tirant un peu sur le violet, murmure-t-elle. On devrait la voir facilement.

Mais elle a beau regarder partout, sur les talus, au pied des arbres et même sous les cailloux, elle ne voit rien qui ressemble de près ou de loin à de la bruyère. Glacier ouvre l'œil, lui aussi, et le bon ! Il s'investit pleinement pour aider Danessa et faire plaisir à son amie adorée. Tandis qu'ils atteignent l'entrée d'une grotte, un bruit résonne tout au fond.

– Houuuu ! Houuuu !

Pristina fronce les sourcils.
– Un hibou qui hulule en pleine journée ? s'interroge-t-elle. Non, ça m'étonnerait… Mais alors, qu'est-ce que ça peut être ?

– Houuuu ! répète la voix. Houuuu !
– Tu crois qu'il y a un fantôme là-dedans ? s'inquiète Pristina.
Tout à coup, une créature recouverte d'une sorte de drap blanc bondit hors de la caverne. Ce fantôme paraît bien étrange,

Pristina leur sourit. Au bout d'une heure, elle n'a toujours pas trouvé de bruyère, alors elle est soulagée d'avoir du renfort ! Le petit groupe reprend donc les recherches et marche très longtemps...

Au détour d'une clairière, Pristina aperçoit une jeune fille et sa meilleure amie qui marchent ensemble, avec leurs sacs à dos. Elle les reconnaît : ce sont les grandes aventurières Felicity et Flick ! Sage décoche un clin d'œil à sa complice. Un clin d'œil qui ne peut signifier qu'une seule chose : elles s'apprêtent à faire une nouvelle blague !

Les deux farceuses s'approchent sans un bruit, cachées sous la toile de parachute.

– Bouh ! crie Sage.

Surprise, Felicity sursaute. Sa boussole lui échappe des mains et retombe sur un tronc couché.

– Sage ! s'agace la guide de voyage.

– Hé, comment tu m'as reconnue, d'abord ? boude la parfumeuse.

– Ça fait au moins cent fois que tu nous fais la blague du fantôme ! lui répond Felicity, en retirant d'un geste la toile de parachute. Et ça, c'est à moi. Merci de me l'avoir rapportée. Elle s'est envolée tout à l'heure avec le vent, quand j'essayais de la plier.

Elle ramasse ensuite sa boussole et tente de la faire fonctionner. En vain. Elle est cassée ! Flick grimace.

– On ne peut plus partir en expédition, maintenant, se désole l'aventurière. Tout ça, c'est ta faute, Sage !

– Hé, je ne pouvais pas savoir que tu allais lâcher ta boussole ! se défend celle-ci. Pas la peine de t'affoler. Je vais la donner à réparer à Bree, et puis voilà !

Felicity se tourne vers Pristina.

– Tu voudrais bien l'accompagner, s'il te plaît ? Je n'ai pas trop confiance en cette incorrigible farceuse. Je suis sûre qu'elle va traîner en chemin, imaginer mille et une blagues et finir par

oublier d'aller chez Bree. Ce serait bien son genre !

– Même pas vrai ! s'offusque la parfumeuse, avant d'admettre : Bon, peut-être un petit peu…

Pristina pense à Preena, qui doit l'attendre, à l'heure qu'il est. À Patter et ses foulards. Puis à Danessa. Comment aider tout le monde ? Elle ne peut quand même pas se couper en quatre ! Malgré tout, une idée lui vient.

– Évidemment ! répond-elle. Tu peux compter sur nous. On

va apporter ta boussole à Bree et te la rendre en état de marche, promis, juré ! Pendant ce temps, vous voulez bien chercher de la bruyère ? Danessa en a besoin pour préparer une tisane médicinale.

Felicity et Flick acquiescent, ravies…

Chapitre 3

Pristina, Sage, Glacier et Caper se remettent en route. La maison de Bree est située hors de la forêt, sur une petite colline, ce qui représente encore une longue marche. Pristina pense à Preena, Patter, Danessa, et elle commence sérieusement à s'inquiéter.

– Ben, pourquoi tu fais cette tête ? lui demande Sage.

– Preena m'attend, confie la jeune fille. Et Patter. Et Danessa aussi.

À vouloir satisfaire tout le monde, n'a-t-elle pas surestimé ses capacités ? Elle aurait peut-être dû leur expliquer qu'elle avait déjà d'autres services à rendre et qu'elle ne pouvait pas les aider. Le problème, c'est qu'elle ne sait pas dire « non »…

– Ne t'en fais pas ! réplique la parfumeuse, avec assurance. Tu as avec toi la meilleure pisteuse de toute la Forêt Enchantée !

– Pardon, mais ce n'est pas Felicity, plutôt ? demande doucement Pristina.

– Felicity ? *Pff* ! siffle Sage. N'importe quoi ! Moi, je connais un tas de raccourcis. On sera chez Bree avant d'avoir le temps de dire « ouf » ! Je ne suis pas seulement une farceuse, tu sais, même si tout le monde pense le contraire. Toi, tu me fais confiance, pas vrai ?

Souvent, les gens voient Sage comme une rigolote, incapable d'être sérieuse. Mais Pristina sent que la parfumeuse a envie de prouver quelque chose. Et puis, elle sait ce que c'est de vouloir se rendre utile. Elle doit l'aider !

– Évidemment ! lui répond-elle, tandis que le visage de Sage s'illumine.

La marche dure longtemps, très longtemps, si bien que Pristina se dit qu'en prenant le chemin habituel, elles seraient sûrement déjà arrivées. Mais Sage semble si fière de les guider ! Elle marche d'un pas vif, en regardant droit devant elle.

– Allez, une, deux, une, deux ! lance-t-elle à Caper, qui avance au même rythme, en remuant les bras comme son amie.

Mais voilà qu'elle trébuche sur une racine et dégringole

lourdement au sol. Pristina se rue vers elle.

– Ça va ?

– Oh, oui ! lui répond Sage, qui se redresse avec un immense sourire. Je crois que je viens de trouver du gruyère ! Regarde !

En effet, elle est tombée pile sur un immense tapis de fleurs roses !

– Alors, c'est qui la meilleure pisteuse ? se vante-t-elle.

– C'est toi ! rigole Pristina. Merci, Sage.

Elles cueillent de grandes brassées de bruyère, puis elles

reprennent leur marche. Enfin, la maison de Bree est en vue. Elles frappent à la porte. Pas de réponse. En revanche, des bruits retentissent à l'arrière. Des « Bam, bam, bam », des « Ffft, ffft, ffft » et des « Tap, tap, tap ».

– Elle doit bricoler dans son atelier, en déduit Sage. Elle y passe toutes ses journées !

Et elle a raison. Aidée de Twist, et un casque anti-bruit sur la tête, Bree manœuvre outils, fer à souder et perceuse avec énergie. Pristina lui tapote doucement l'épaule.

– Ah ! s'écrie la bricoleuse, avant de sourire. Je ne vous avais pas entendus arriver !

– Coucou, la salue Pristina, qui observe l'invention sur laquelle Bree est en train de travailler.

Il y a une longue corde, et une sorte de petite cabine en osier tressé, ainsi que des rouages, des ressorts et une grosse manivelle.

– Tu fais quoi ? s'intéresse la jeune fille.

C'est alors que Bree lui raconte tout. Son étonnement ce matin, lorsqu'elle a constaté qu'elle n'avait plus d'électricité. L'idée de Twist d'aller vérifier leur éolienne, plantée dans le jardin pour alimenter leur maison en énergie. Sa stupeur en constatant qu'un morceau de tissu était coincé dans les pales.

– Pour grimper tout là-haut et réussir à débloquer les hélices, une seule solution : fabriquer un Turbo-Ascenseur ! poursuit-elle. Tout de même, je me demande d'où peut bien venir ce bout de tissu…

Pristina lève les yeux et comprend : c'est le dernier foulard de Patter ! Finalement, elle l'a trouvé ! Mais encore faut-il pouvoir le décrocher. L'éolienne est vraiment haute, même pour le petit alpiniste Glacier.

– En plus, j'ai dit à Preena que je réparerais sa machine dans la matinée, se désespère Bree. Tu voudrais m'aider, s'il te plaît ?

– J'aimerais bien, mais…, commence Pristina, en pensant

aux filles qui l'attendent et à la boussole fourrée au fond de sa poche.

Bree la regarde d'un air si suppliant que la jeune fille se sent tout simplement incapable de refuser.

– Évidemment ! accepte-t-elle. Tu peux compter sur nous. On va t'aider à fabriquer ton invention, promis, juré !

Bree lui saute dans les bras.

Tandis que Bree et Twist travaillent d'arrache-pied, les autres apportent matériel et outils. Même le petit Glacier a les bras bien chargés ! Peu à peu, l'invention commence à prendre forme, mais le temps file, au grand dam de Pristina, qui n'ose pas s'en aller…

Vers midi, des voix résonnent près de l'atelier.

– Je pense qu'elle doit être ici, déclare Felicity.

Le cœur battant, Pristina lève le nez et découvre la guide de voyage, accompagnée de Preena, de Patter et de Danessa !

Chapitre 4

Un tournevis à la main, Pristina ne sait plus où se mettre. Les filles à qui elle a promis de rendre service ne doivent pas être contentes du tout !

– Où est ma boussole ? demande la guide de voyage.

– Felicity nous a dit que tu étais chez Bree, raconte Preena. Je ne comprends pas, je t'attendais pourtant au camion de glaces…

– Pristina, tu sais, comme tu ne revenais pas, j'ai dû laisser Sprint tout seul pour aller chercher de la bruyère, explique Danessa. Et je n'ai même pas réussi à en trouver.

– Moi non plus, intervient Felicity.

– Les clientes réclament leurs foulards, se plaint Patter. Je t'ai cherchée partout, Pristina !

À les entendre, elles n'ont pas vraiment l'air en colère, mais plutôt déçues. Et Pristina en a la gorge serrée. Surtout lorsqu'elle regarde son pauvre petit Glacier qui, après toutes ces recherches, cette longue marche en forêt et la séance de bricolage, paraît bien fatigué. Elle adore aider les gens, mais peut-être qu'elle devrait savoir aussi dire « non » de temps en temps… Et ne pas s'engager sans réfléchir !

Alors qu'elle s'apprête à s'excuser, Sage vient se planter devant elle.

– Non, mais vous n'avez pas honte ! s'exclame-t-elle, les mains posées sur les hanches. Depuis ce matin, vous n'avez pas arrêté de lui demander des services. Pristina, va chercher ceci. Pristina, s'il te plaît, aide-moi. Récupère mes foulards, va ramasser du gruyère, ramène-moi ma boussole ou je vais me perdre en forêt, donne-moi un coup de main pour fabriquer mon truc-machin. Et patati, et patata ! Elle a fait ce qu'elle a pu, voilà !

Le soutien de Sage touche Pristina en plein

cœur. Sous ses airs de farceuse, la parfumeuse se révèle pleine de surprises, et elle se soucie vraiment des autres.

Felicity, Danessa, Patter, Preena et Bree affichent un air penaud.

– Oui, tu as raison, Sage, admet la vétérinaire, avant de se tourner vers Pristina. Désolée, si on t'en a trop demandé.

– On a carrément exagéré, là, approuve Felicity. Pardon.

– Pareil, confirme Bree, le nez baissé.

Puis Patter embrasse Pristina sur la joue et lui murmure combien elle est navrée. Quant à Preena, elle glisse un bras sous le sien.

– Tu es la personne la plus généreuse qui soit, lui assure-t-elle.

– Même si je ne peux pas toujours vous aider quand vous le souhaitez ? demande son amie.

– Évidemment, confirme la marchande de glaces. Tu n'as qu'à nous dire que c'est impossible, et on ne t'en voudra pas. Promis, juré !

Pristina lui sourit. Satisfaite, Sage s'avance vers Felicity, l'air tout fier, en se dandinant.

– Hé, tu sais quoi ? fanfaronne-t-elle. J'ai trouvé du gruyère !

– De la bruyère ? Tu rigoles ? s'étonne la guide de voyage.

– Pour une fois, non, rétorque Sage, en montrant le tas de fleurs roses posé par terre. Hé ouais, moi, je sais chercher et je n'ai même pas besoin de boussole pour ça ! Alors, c'est qui la meilleure exploratrice de toute la Forêt Enchantée ? Inutile de répondre, Felicity : tu l'as devant toi !

Elle décoche un clin d'œil à Pristina, qui éclate de rire. Puis celle-ci prend Glacier dans ses bras, pour lui faire un gros câlin bien mérité. Services à rendre ou pas, elle n'oubliera plus jamais de le cajoler. Et ça, c'est une promesse qu'elle compte bien tenir !

Tout à coup, elle se souvient du Turbo-Ascenseur, mais aussi des foulards qu'elle a laissés dans un coin du refuge, de l'expédition de Felicity, et de la journée « Parfums à tout va » de Preena. Il y a urgence !

Elle regarde le petit groupe.

– Ne vous inquiétez pas, leur dit-elle. Je vais vous donner un coup de main et tout arran…

Danessa l'interrompt d'un geste.

– Non, toi, tu ne fais rien, Pristina, décrète-t-elle. Avec Glacier, vous rentrez vous reposer. Pendant ce temps, nous, on vous prépare une grosse surprise et on viendra vous chercher le moment venu. On te doit bien ça pour nous faire pardonner ! Je pense que vous êtes d'accord, les filles ?

Les autres se dépêchent de hocher la tête…

Une fois rentrée chez elle, Pristina ne peut s'empêcher de regarder au loin. Elle repère des va-et-vient sur le chemin qui descend de chez Bree jusqu'au village. Mais aussi des mouvements près de l'estrade. À un moment, elle distingue Patter en train de courir vers sa boutique. Puis Felicity qui transporte de gros sacs. Et enfin Sage déguisée en fantôme et cachée derrière un buisson.

– Je me demande ce qu'elles préparent, murmure la jeune fille. Pour Sage, ça doit juste être une nouvelle blague, mais les autres ? Tu as une idée, toi, mon petit ange ?

Glacier secoue la tête. Quelques instants plus tard, une jolie musique résonne. C'est celle du camion de glaces de Preena…

Chapitre 5

Pristina se dit que la musique est peut-être un signal. Elle sort de chez elle, pile à l'instant où Sage apparaît sur son perron, avec Caper.

– Ta ta ta ta, qu'est-ce que tu fais dehors ? la gronde la

parfumeuse. On a dit qu'on venait vous chercher.

– Mais je croyais que..., balbutie Pristina, avant d'apercevoir la lueur rieuse dans les yeux de son interlocutrice. Et toi, qu'est-ce que tu fais là ?

– Ben, on est venues vous chercher ! lui répond Sage, hilare.

Et le petit groupe se met en route pour le village. À son arrivée, Pristina découvre avec étonnement une immense bande-

role suspendue au-dessus du kiosque, où il est écrit :

« FÊTE DE LA GÉNÉROSITÉ »

Alors qu'elle se tourne vers Sage pour lui demander des explications, elle s'aperçoit que la parfumeuse et sa meilleure amie ont disparu. En revanche, Danessa s'avance vers elle à grands pas.

– C'est toi qui m'as inspiré cette idée, confie-t-elle. Cet après-midi, chacun va aider quelqu'un d'autre. Sauf toi, parce que tu es la reine de la fête, avec Glacier. Suivez-moi, je vais vous montrer !

La vétérinaire conduit Pristina et son meilleur ami jusqu'à la boutique de Patter. À l'intérieur, Felicity est en train de coudre une écharpe, grâce aux précieux conseils de la styliste. Elle a beau s'appliquer, on voit qu'elle n'a jamais fait ça de sa vie. Elle soupire, bouge le morceau de tissu dans tous les sens, en perd son aiguille…

Cependant, elle n'abandonne pas.

– Ce n'est pas mal du tout pour une première fois, l'encourage Patter. Mais si j'étais toi, je prendrais un dé.

– Un dé ? s'étonne la guide de voyage. Je croyais que j'étais venue ici pour t'aider, pas pour jouer.

Patter fouille dans une petite boîte et en sort l'objet en question.

– Un dé à coudre, précise-t-elle, en souriant. Pour éviter de te piquer le doigt.

– Aaaah ! comprend Felicity, qui peine à enfiler son aiguille.

– Attends, je vais t'en donner une avec un chas plus gros, lui dit Patter.

– Un gros chat ? s'exclame Felicity. Où ça ?

La styliste éclate de rire.

– Le chas, C-H-A-S, c'est le petit trou de l'aiguille, indique-t-elle.

Et l'aventurière rigole avec elle.

– Franchement, ton métier n'est pas facile,

mais c'est vraiment sympa de t'aider, commente-t-elle. Et d'apprendre un tas de mots inconnus. J'ai l'impression de partir en expédition !

Danessa fait ensuite signe à Pristina de la suivre vers un autre endroit. Mais voilà que, sur la place, un cri retentit.

– Bouh ! lance Sage le fantôme, en surgissant de derrière un buisson. Ah ah ah, hi hi hi, oh oh oh ! Si tu voyais ta tête, Pristina !

– Sage, la sermonne gentiment Danessa. On est censés aider les autres, aujourd'hui. Pas les effrayer.

La parfumeuse baisse le drap pour découvrir son visage.

– Et moi, j'ai décidé d'aider Pristina, déclare-t-elle, avant de se tourner vers la principale intéressée. Je serai ta « professeure de non ».

– Ma professeure de non ? répète la jeune fille, perplexe.

– Je vais te demander des services, et tu devras dire « non », l'informe Sage, qui adopte soudain un regard suppliant. Dis, Pristina, tu pourrais m'aider à chercher de l'aubépine pour fabriquer du poil à gratter ?

– Évidemment ! accepte Pristina, avant de se raviser devant le visage mécontent de Sage. Ah non, désolée, je ne peux pas, je suis la reine de la fête. Mais peut-être tout à l'heure ?

Et le fantôme disparaît, satisfait…

Direction le refuge pour animaux. Bree y donne un coup de main à Sprint. La tisane à base de bruyère est prête, il faut désormais la donner aux nombreux petits enrhumés. Pour gagner du temps, la bricoleuse a inventé une machine avec des biberons et des bras articulés. Sauf que celle-ci paraît

quelque peu déréglée. Elle se met à tourner à toute vitesse, comme un manège.

– Oh, non ! s'affole Bree, qui se précipite pour l'arrêter.

Elle regarde Sprint, avec une expression navrée.

– Bon, je crois qu'on va devoir employer la bonne vieille méthode, se résigne-t-elle, visiblement déçue.

Elle saisit un adorable renardeau et lui tend un biberon. L'animal la regarde avec de grands yeux affectueux, avant de boire gentiment sa tisane.

– Trop mignon ! s'attendrit-elle, en le câlinant. Finalement, c'est bien plus chouette comme ça. Je comprends pourquoi tu aimes tant soigner les animaux, Sprint.

La promenade continue aux quatre coins du village, où tous les gens s'entraident. Guidée par Bren, Winsley range les rayons de l'épicerie, tout en expliquant le mouvement des planètes aux clients. Prue aide Lluella dans sa boutique et elle voit des mystères partout – même dans la manière dont les bracelets sont tressés ! De son côté, Ohana propose un salon de lecture, avec l'aide de Sancha et de Preena. La première distribue des chocolats chauds parfumés à la noisette,

la seconde lit des contes. Tandis que Pristina l'écoute avec ravissement, le fantôme ressurgit derrière elle.

– Bouh ! s'écrie Sage. J'ai besoin d'un vieux fromage qui pue pour faire une blague. Tu pourrais m'aider à en chercher, s'il te plaît ?

– Évide..., s'apprête à répondre Pristina. Non, désolée, pour l'instant, je ne peux pas. Peut-être plus tard ?

Et, tout content, le fantôme disparaît comme il est venu.

La fête de la générosité remporte un franc succès. Et elle se termine par un concert donné

sur l'estrade. Pendant que Caper, Flap et Twist chantent et jouent de la musique, la petite bande de copines s'affaire dans le camion de Preena. Bree est parvenue à réparer la sorbetière à temps – il faut dire que chacune lui a donné un coup de main.

– Qui veut déguster ma glace ? demande Sage. Pristina ?

– Hum..., se méfie un peu la jeune

fille, avec une moue. Elle est à quoi ?

Regard énigmatique de la parfumeuse.

– Tu verras…

Plus Pristina apprend à connaître Sage, plus elle l'apprécie. Alors elle est prête à prendre des risques pour lui faire plaisir – et même à goûter à sa mystérieuse glace !

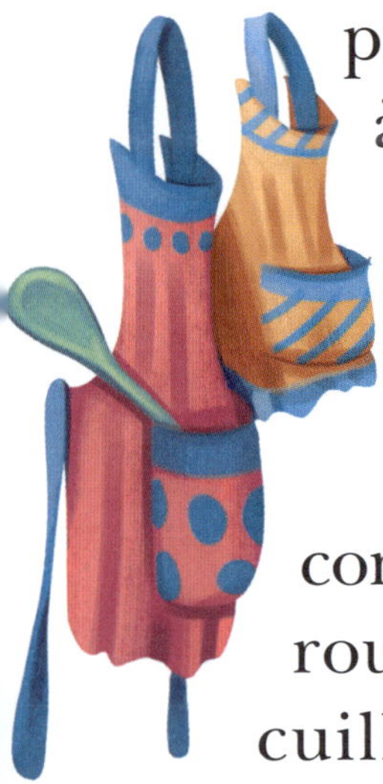

Elle attrape le pot qui contient une sorte de sorbet rouge, puis y plonge une cuillère, en s'attendant au pire. Chou de Bruxelles

et une tonne de piment fort ? Ou bien betterave et vieux fromage malodorant ? Avec Sage, tout est possible !

– De la glace à la framboise ! constate Pristina, stupéfaite.

– Ben oui, répond Sage, avec un haussement d'épaules. Tu t'attendais à quoi ?

– Oh, rien, rien…

Toutefois, les clients affluent, et les filles ne tardent pas à être débordées. C'est plus fort qu'elle, Pristina ne peut pas rester les bras croisés. Mais sa professeure de non la regarde.

– Toi, tu as envie de nous aider, devine celle-ci, sourcils froncés.

–Je peux ? demande la jeune fille, les mains jointes. Allez, dis oui, s'il te plaît !

Sage lui sourit, et Pristina les rejoint à l'arrière du camion.

Elle a adoré cette fête de la générosité. Mais ce qu'elle aimera toujours par-dessus tout, c'est partager de si beaux moments avec ses amies…

Fin

Retrouve les Enchantimals dans les premiers tomes déjà parus en Bibliothèque Rose !

Tome 1

Tome 2

Tome 3

Tome 4

Tome 5

Tome 6

Tome 7

Tome 8

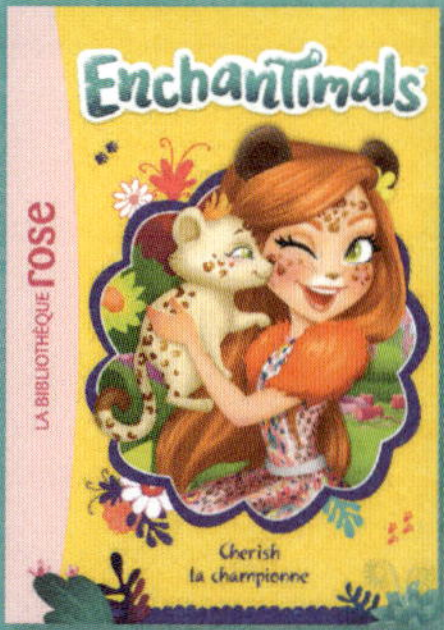

Tome 9

Tome 10

Tome 11

Tome 12

Tome 13

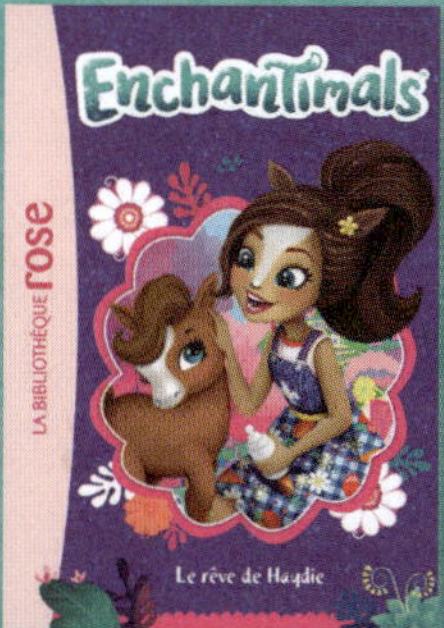

Tome 14

Table

Prologue.................11

Chapitre 1..............17

Chapitre 2...........31

Chapitre 3 47

Chapitre 4 59

Chapitre 5...........71

PAPIER À BASE DE FIBRES CERTIFIÉES

hachette s'engage pour l'environnement en réduisant l'empreinte carbone de ses livres. Celle de cet exemplaire est de :
300 g éq. CO_2
Rendez-vous sur www.hachette-durable.fr

Photogravure Nord Compo - Villeneuve-d'Ascq

Imprimé par Macrolibros en Espagne
Dépôt légal : février 2021
Achevé d'imprimer : janvier 2021
62.8368.9/01 – ISBN 978-2-01-713106-9
Loi n° 49956 du 16 juillet 1949
sur les publications destinées à la jeunesse